AF197978

Tucholsky Wagner Zola Scott Sydow Freud Schlegel
Turgenev Wallace Fonatne

Twain Walther von der Vogelweide Fouqué Friedrich II. von Preußen
Weber Freiligrath Frey
Fechner Fichte Weiße Rose von Fallersleben Kant Ernst Richthofen Frommel
Hölderlin
Fehrs Engels Fielding Eichendorff Tacitus Dumas
Faber Flaubert
Feuerbach Maximilian I. von Habsburg Fock Eliasberg Zweig Ebner Eschenbach
Ewald Eliot Vergil
Goethe Elisabeth von Österreich London
Mendelssohn Balzac Shakespeare Dostojewski Ganghofer
Trackl Lichtenberg Rathenau Doyle Gjellerup
Stevenson Hambruch
Mommsen Tolstoi Lenz Droste-Hülshoff
Thoma Hanrieder
Dach Verne von Arnim Hägele Hauff Humboldt
Reuter Rousseau Hagen Hauptmann
Karrillon Garschin Gautier
Damaschke Defoe Hebbel Baudelaire
Descartes
Wolfram von Eschenbach Hegel Kussmaul Herder
Darwin Dickens Schopenhauer Rilke George
Bronner Melville Grimm Jerome
Campe Horváth Aristoteles Bebel Proust
Bismarck Vigny Barlach Voltaire Federer Herodot
Gengenbach Heine
Storm Casanova Tersteegen Gilm Grillparzer Georgy
Chamberlain Lessing Langbein Gryphius
Brentano Lafontaine
Strachwitz Claudius Schiller Kralik Iffland Sokrates
Katharina II. von Rußland Bellamy Schilling
Gerstäcker Raabe Gibbon Tschechow
Löns Hesse Hoffmann Gogol Wilde Gleim Vulpius
Luther Heym Hofmannsthal Klee Hölty Morgenstern
Roth Heyse Klopstock Kleist Goedicke
Luxemburg Puschkin Homer
La Roche Horaz Mörike Musil
Machiavelli
Navarra Aurel Musset Kierkegaard Kraft Kraus
Nestroy Marie de France Lamprecht Kind Kirchhoff Hugo Moltke
Laotse Ipsen Liebknecht
Nietzsche Nansen
Marx Lassalle Gorki Klett Leibniz Ringelnatz
von Ossietzky
May vom Stein Lawrence Irving
Petalozzi
Platon Knigge
Sachs Poe Pückler Michelangelo Kock Kafka
Liebermann Korolenko
de Sade Praetorius Mistral Zetkin

Der Verlag tredition aus Hamburg veröffentlicht in der Reihe **TREDITION CLASSICS** Werke aus mehr als zwei Jahrtausenden. Diese waren zu einem Großteil vergriffen oder nur noch antiquarisch erhältlich.

Symbolfigur für **TREDITION CLASSICS** ist Johannes Gutenberg (1400 — 1468), der Erfinder des Buchdrucks mit Metalllettern und der Druckerpresse.

Mit der Buchreihe **TREDITION CLASSICS** verfolgt tredition das Ziel, tausende Klassiker der Weltliteratur verschiedener Sprachen wieder als gedruckte Bücher aufzulegen – und das weltweit!

Die Buchreihe dient zur Bewahrung der Literatur und Förderung der Kultur. Sie trägt so dazu bei, dass viele tausend Werke nicht in Vergessenheit geraten.

Fitzebutze

Richard Dehmel

Impressum

Autor: Richard Dehmel
Umschlagkonzept: toepferschumann, Berlin

Verlag: tredition GmbH, Hamburg
ISBN: 978-3-8424-8914-1
Printed in Germany

Richard Dehmel

Fitzebutze

Fiţebuţe

Traumspiel in 5 Aufzügen
von Richard Dehmel

In Musik gesetzt
von Hermann Zilcher

S. Fischer, Verlag, Berlin
1. & 2. Tausend
1907

Den Herren B. Köhler und W. Seibert gewidmet
mit bestem Dank für die Zurückziehung
ihres gleichbetitelten Bühnenspiels.

Personen:

Fitzebutze, ein Hampelmann.
Freund Husch, der Traumgeist.
Detta und Heinz, Geschwister.
Die Mutter.
Der Weihnachtsmann.
Der Maikönig.
Die Puhstemuhme.
Elfen und andere Traumgestalten.

Ort und Zeit:

Unter dem Mond, zwischen Weihnacht und Neujahr.

Zur Beachtung:

«Rechts» und «links» immer vom Zuschauer aus. Die einge-
klammerten Ziffern im Text bezeichnen die Abschnitte der musika-
lischen Komposition. Nähere befinden sich am Schluß des Textes.

Erster Aufzug

Bild: Kinderzimmer

An der linken Wand, aber quer ins Zimmer hinein, ein langer weißgedeckter Tisch; darauf ein Weihnachtsbaum mit brennenden Kerzen, einige Spielsachen und Bücher, dicht am Rand ein großes Schreibzeug. Vor dem Tisch, nahe der Wand, halb unter den Zweigen des Baumes, ein Lehnstuhl. Längs der rechten Wand zwei Kinderbetten, neben einander, dem Vordergrund zu; hinter ihnen eine Tür. In der Hintergrundswand rechts ein Fenster, links eine Balkontür mit Fenster; zwischen beiden Fenstern ein Regal, an dem zwei neue Schulmappen hängen, deutlich sichtbar. Draußen Nacht; durch die dünnen Fenstervorhänge sieht man die schwarzen Scheibenquadrate.

Auf dem Tischrand sitzt *Heinz*, Seifenblasen aus einer Tonpfeife puhstend. Auf dem Lehnstuhl *Detta*, mit *Fitzebutze* spielend. Die Kinder sind schon halb entkleidet zum Schlafengehn; Detta hat ein hellblaues Unterröckchen an, Heinz dunkelblaue Kniehosen, beide kurzärmeliges weißes Hemd. Fitzebutze, ein großer Hampelmann mit exotischer Fratze und schwarzem Wulsthaar und Ziegenbart, fast so groß wie Detta selbst, trägt einen langen, seidenen, orangegelben Kaftan mit schwarzen Säumen und Knöpfen, dazu einen gelben, mit Bommeln besetzten, seltsam geformten Basthut.

(1) Heinz schwippt die *Seifenblasen* im Takt der *Musik* in die Luft. (2) Detta, den Hampelmann vor sich auf dem Schoß haltend, singt:

> Lieber schöner Hampelmann,
> deine Detta sieht dich an.
> Ich bin groß, und du bist klein;
> willst du Fitzebutze sein?
> Komm!

Sie steht auf, zieht tänzelnd einige Male (gleichfalls im Takt der Musik) an seiner Zappelschnur, sodaß er Beine und Arme schwenkt, und setzt nun *ihn* in den Lehnstuhl. Singt dabei weiter:

Komm auf Vaters großen Stuhl,
Vitzliputze, Blitzepul!
Vater sagt, man weiß es nicht,
wie man deinen Namen spricht;
pst!

Pst, sagt Vater, Flitzebott
war einmal ein lieber Gott,
der auf einem Stuhle saß
und gebratne Menschen aß;
huh –

(3) Heinz bückt sich plötzlich, brüllt lachend »huh« nach, nimmt ihr den Hampelmann weg und springt vom Tisch; reißt dabei das Schreibzeug herunter, sodaß die Tinte aufs Tischtuch läuft, ohne daß die Kinder es merken. Detta, ihm nachspringend, packt Fitzebutze am *Hut*. Sie zerren eine Weile (immer im Takt der Musik) an der Hutkrämpe hin und her, bis die *Fetzen* herunterhängen; halten auf einmal verdutzt inne, stehn und besehn sich den Schaden – (4) *es schlägt zehn Uhr.* Detta nimmt ihren Hampelmann, streichelt ihn und schluchzt dazu. Heinz will sie trösten, sie schubbst ihn weg. Er läßt verlegen den Kopf hängen; sie geht, den Hampelmann hinter sich herschleifend, zur Tür hinaus, knallt sie heftig ins Schloß.

(5) Heinz tritt an den Tisch zurück, entdeckt die *Tintenbescherung*; hebt das Schreibzeug vom Boden auf, faßt mit der einen Hand den Tischtuchzipfel und kraut sich mit der andern am Ohr. Dann schlägt er eine Falte ins Tischtuch, durch die der Tintenfleck verdeckt wird, und setzt das Schreibzeug auf die Falte. Nimmt eine lange Tonpfeife, steigt vorsichtig auf den Tisch hinaus und beginnt die Lichter des Weihnachtsbaums auszublasen.

(6) Die Tür öffnet sich wieder: *Detta* kommt zurück, jetzt nur mit weißem Nachthemd bekleidet, den notdürftig ausgebesserten Fitzebutze an sich drückend, und geführt von der *Mutter*, die eine kleine milchweiße Lampe trägt. Die Mutter, eine schöne, große, ruhige Frau in dunkelviolettem Hausgewand, läßt Detta auf den Bettrand niedersitzen und winkt den Heinz vom Tisch herab. Er folgt dem Wink mit ziemlicher Keckheit; sie blickt ihm gründlich in die Augen. Er senkt den Kopf; sie weist nach der Tür. Während er langsam

hinausgeht, setzt sie die Lampe auf den Tisch. Dann löscht sie die letzten Lichter des Weihnachtsbaums, und Detta singt dabei leise:

(7)

> Lieber schöner Hampelmann,
> sieh mich nicht mehr böse an!
> Bitte, bitte, sei mir gut;
> willst du einen neuen Hut?
> Ja?
>
> Ja, dann mußt du schlafen gehn,
> statt die Augen zu verdrehn.
> Mutter sagt: wer schläft, ist gut,
> Jeder schläft in Gottes Hut.
> Gute Nacht!

Die Mutter hat inzwischen den *Tintenfleck entdeckt*, ihn aber mit der Tischtuchfalte ruhig wieder zugedeckt; tritt nun zu Detta, nimmt ihr sanft den Hampelmann ab und hängt ihn an das Wandregal, links neben die Schultornister. (8) *Heinz* kehrt zurück, jetzt gleichfalls nur mit Nachthemd bekleidet, geht zögernd auf die Mutter zu, faßt ihre Hand, führt sie mit reuiger Miene an den Tisch, enthüllt den Tintenfleck und gibt sich mit Zeigefinger als Attentäter zu erkennen; Detta ist neugierig gefolgt. Die Mutter nimmt seine Hand, gibt ihm lächelnd eins auf die Finger; umarmt ihn dann, küßt ihm die Stirn und führt die Kinder ans Bett zurück. Sie schütteln die Schuhe ab und springen hinein. Die Mutter setzt sich auf den Bettrand, die Kinder reichen ihr sitzend die Hände, und sie singen zu dritt das *Abendgebet*:

(9)

> Müde bin ich, geh zur Ruh;
> lieber Himmel, deck mich zu!
> Laß die Sterne alle dein
> meines Schlafes Hüter sein!
>
> Schick im Traum ihr Licht mir zu,
> daß mein Herz in Reinheit ruh!

Flecken, die der Tag gemacht,
lösch sie gnädig aus, o Nacht!
Amen.

Nun legen die Kinder sich auf die Kissen, die Mutter holt die
Lampe vom Tisch, geht an die Kopfenden der Betten, streicht beiden noch einmal über die Stirn und verläßt mit der Lampe das
Zimmer. (10) Einen Augenblick ist es völlig dunkel; dann fällt durch
das Fenster der Balkontür (von links nach rechts) ein Streifen Mondlicht. Der Streifen wird allmählich breiter; überm Fensterkreuz tritt
der *Vollmond* hervor. *Fitzebutze*, im Halbdunkel hängend, macht
eine ruckhafte Zappelbewegung; in die leise Musik fällt ein dumpfer Schreckton. Fitzebutze bewegt sich nochmals, wieder mit etli-
chen Schrecktönen. Er ist inzwischen viel *größer* geworden; die
Ziehschnur baumelt fast bis zum Boden.

Hinter den Kopfenden der Betten geht sacht ein bläulicher Licht-
schein auf, der Fitzebutze magisch beleuchtet und klar von dem
blaßgrünen Mondlicht absticht. (11) Eine Jünglingsstimme beginnt
zu singen, während Fitzebutze nach jeder Zeile mit böser Grimasse
die Augen rollt:

Husch, husch, husch,
ich schlüpfe aus dem Busch.
Ich stecke mein Laternchen an,
ich zünde uns die Sternchen an –
husch!

Mit »husch« springt *Freund Husch*, der Traumgeist, plötzlich hinter den Betten hervor, seine *Zauberblume* schwingend; das Zimmer
ist mit einem Schlage ganz in bläuliche Helle getaucht. Fitzebutze
schwenkt Arme und Beine vor Schreck, möchte von seinem Nagel
los. Husch droht ihm schelmisch mit dem Finger und hebt gebieterisch die Zauberblume; Fitzebutze zappelt noch einmal, bleibt dann
mit steifen Gliedern hängen. Die Zauberblume ist eine große
Mohnblume mit graugrünem, silberdurchwirktem Stengel, ebensol-
chen Blättern und blauer, silberdurchwirkter Blüte, in der ein blaues
Glühlicht brennt; das Mondlicht ist nicht mehr wahrnehmbar, nur
der Vollmond selber glänzt noch schwach. Husch trägt ein engan-

liegendes Habit aus stahlblauer Seide mit spanischem Mäntelchen, verbrämt mit smaragdgrünem Sammet und Silberbrokat. Er nähert sich tänzelnd dem *Weihnachtsbaum*, mit hellerer Stimme weitersingend, und steigt auf den Tisch.

(12)

> Husch, husch, husch,
> ich putze meinen Busch.
> Der Mond ist da, der Mond ist hell;
> der Mond, der ist mein Spielgesell –
> husch!

Er macht einen Schwung mit der Zauberblume, das Zimmer wird plötzlich wieder dunkel; nur das Glühlicht der Blume leuchtet noch matt, und auf der Diele liegt wieder der Mondschein. gedämpft weitersingend, hebt seine Blume zur Spitze des Weihnachtsbaums.

(13)

> Husch, husch, husch,
> ich schüttel meinen Busch.
> Die Kinderchen sind all zur Ruh,
> ich schüttel ihnen Träume zu;
> die haben wir vergangne Nacht,
> der Mond und ich, uns ausgedacht,
> husch, husch, husch,
> im Busch.[1]

Sämtliche Kerzen des Weihnachtsbaums entzünden sich mit einem Mal. Husch springt vom Tisch und nimmt eine Tonpfeife. Fitzebutze fängt wieder zu zappeln an; er ist inzwischen *noch* größer geworden, ebenso groß wie Husch, und berührt mit den Fußspitzen schon den Boden. Husch droht ihm wie früher, worauf er sich wieder still verhält. (14) Husch pflanzt die Zauberblume am Kopfende der Bettstatt auf, nimmt dann am Fußende Platz, setzt die Tonpfeife an den Mund und puhstet nun zum Takt der Musik *schillernde Blasen* in die Luft. Die Blasen werden *größer* und *größer*, verschwinden

---

[1] Der Text dieses Liedes gemeinsam von Paula und Richard Dehmel.

oben in den Raum; bei jeder neu aufsteigenden klappt Fitzebutze krampfhaft die Augen empor, endlich beginnt er wie toll zu zappeln.

(15) Husch ergreift wieder die Zauberblume, wendet sich dem Zappelnden zu, beruhigt ihn und singt ihn an:

> Husch, husch, huh,
> alter Fitzebuh,
> Flitzeputzig, Butzebein,
> möchtest wohl – «erlöset»sein?
> Ja?

> Ja, dann sei's! die Macht sei dein;
> was du willst, das sollst du sein.
> Doch vergiß nicht, alter Knabe,
> daß ich dich erschaffen habe!
> Komm!

Er schwingt die Blume im Kreise über ihm und berührt mit ihr seine Arme und Beine. Singt dabei weiter:

> Komm, doch hüt dich vor dem Bann!
> rühr mir nicht die Blume an!
> Mit Zauberblumen umzugehn,
> muß man verstehn, muß man verstehn!
> Hopp! –

(16) *Fitzebutze macht einen Riesensatz*, springt mitten ins Zimmer, dann los auf Husch, will ihm die Zauberblume entreißen. Husch nimmt sie hinter seinen Rücken, gibt dem frechen Kerl einen *Nasenstüber*; Fitzebutze prallt zurück, fällt steifbeinig aufs Hinterteil. Im selben Augenblick erlöschen die Kerzen des Weihnachtsbaums; nur das blaue Glühlicht der Blume brennt noch, und der Mondschein fällt breit auf die Betten der Kinder.

Während Husch zum Weihnachtsbaum hintänzelt, springt Fitzebutze wieder empor und nähert sich mit grotesken Geberden (automatenhaft im Takt der Musik) den mondbeleuchteten Betten; sein Ziehseil schleift wie ein Teufelschwanz hinter seinen Beinen her.

(17) Er streckt *beschwörend*, mit ruckhaften Armbewegungen, die Hände über die Kinder aus. *Detta* richtet sich langsam aus, mit geschlossenen Augen »*Fitzebutze*« *stammelnd*; hierauf *Heinz ebenso*. Husch hat inzwischen, hinter dem Weihnachtsbaum stehend, mehrere riesige Seifenblasen in den Mondschein steigen lassen; bringt nun eine noch größere in Gestalt eines *Fesselballons* nach vorn und befestigt die daran hängende, grün und golden bemalte Gondel am Tischrand neben dem Lehnstuhl.

Heinz und Detta sind währenddem, immer noch mit geschlossenen Augen, langsam aus den Betten gestiegen und stehen *gebannt* vor Fitzebutze. (18) Dieser hopst plötzlich nach der Balkontür, dreht den Schlüssel und öffnet sie, sodaß der Mondschein voll hereinflutet. Dann hopst er zu den Kindern zurück, weist nach draußen, zum Mond hinaus, und beschwört sie, ihm zu folgen (alles ruckhaft im Takt der Musik). Er gibt ihnen seinen Ziehschwanz in die Hände und führt sie, würdig wie ein Hahn, mit schleppendem Schritt dem Balkon zu.

Husch hat sich neben die Tür geschlichen. Kaum ist Fitzebutze auf dem Balkon, reißt Husch die Kinder zurück, klappt die Tür zu und dreht den Schlüssel um; zugleich erleuchtet sich der Fesselballon und füllt das Zimmer mit bläulichem Licht. Die Kinder machen die Augen auf und starren verwundert den Luftballon an. (19) Während Fitzebutze wie rasend die Türklinke rüttelt, läßt Husch die Kinder rasch in die Gondel steigen, steigt selber nach, und *der Ballon schwebt empor*. Von oben herab ertönt, immer leiser werdend, dreistimmiger Gesang:

> Komm nur nach! die Macht ist dein;
> was du willst, das sollst du sein.
> Das haben wir für diese Nacht,
> der Mond und ich, uns ausgedacht,
> husch, husch, husch,
> im Busch.

Sobald der Ballon nicht mehr sichtbar ist, wird alles wieder halbdunkel; Fitzebutze schlägt klirrend eine Scheibe ein, greift durch das Fensterloch, dreht den Schlüssel auf, stürmt ins Zimmer. (20) Er droht mit den Fäusten in die Höhe, vollführt einen wirbelnden

Wuttanz (immer mit automatischer Komik) und stampft dann dreimal den Boden. Das Lied aus der Höhe verstummt, ein dumpfer Donner erdröhnt, eine rotgelbe Flamme schlägt aus der Diele. Während Fitzebutze im Rauch der Flamme mit drohend erhobenen Fäusten versinkt, fällt der Vorhang.

Zweiter Aufzug

Bild: Zauberwald

Dunkles Felsental mit alten und jungen Tannen; durch die Zweige fällt Mondlicht. Rechts ein niedriges Häuschen phantastischer Bauart, an eine Felswand angelehnt, mit flachem vergoldetem Dach und hellgrünen goldverzierten Fensterläden. Vom Dach aus führt ein Saumpfad über die Felsen des Hintergrundes nach einer Höhle, die links hervorgähnt; im Vordergrund links vereinzelte Tannenbüsche. In der Mitte des Hintergrundes, doch mehr nach dem Häuschen zu, ein zierlicher Gartentisch, hellgrün mit goldenem Stabwerk, und ebensolche Bänkchen und Stühlchen. Zu beiden Seiten der Höhle, auch vorn, kauern wie schlafend zwischen den Büschen weiße und hellblaue *Blumenelfen*: Schneeglöckchen und Maiglöckchen, Vergißmeinnicht und Immergrün. Ganz vorn links zwei gelbe Butterblumen (Löwenzähnchen) und eine abgeblühte graue Puhstemuhme.

(21–22) Während der Vorhang aufgeht, ertönt von oben her, allmählich stärker werdend, dreistimmiger Gesang:

> Husch, husch, husch,
> wir schlüpfen aus dem Busch.
> Der Mond ist da, der Mond ist hell,
> der Mond ist unser Spielgesell –
> husch!

Zugleich erscheint der Luftballon (jetzt nicht mehr erleuchtet) mit *Freund Husch* und den *Kindern*, und bei »husch« springt Husch, dessen Beine schon über den Gondelrand baumelten, heraus auf den Gartentisch und zur Erde. Die Gondel steht in Tischhöhe still. (23) Husch winkt den Kindern, ebenfalls auszusteigen, und tänzelt seinem Häuschen zu. Er schließt es auf und schlüpft hinein. Sobald die Kinder vom Tisch gestiegen sind, erleuchten sich die Fenster des Häuschens, und durch die blauen Scheiben fallen magische *Lichtstreifen* auf die Büsche, die Blumenelfen und die Felsen. Die Kinder, noch immer als Hemdenmätze, haben sich schüchtern bei den Händen gefaßt und sehen sich staunend ringshin um.

Der Luftballon hebt sich langsam wieder, bis die Gondel in Mannshöhe über der Tischplatte hängt; in dieser Höhe bleibt sie schweben. (24) Währenddem ist Husch auf dem Dach seines Häuschens erschienen, tänzelt hinten den Saumpfad entlang und steigt zu den *Blumenelfen* nieder. Er berührt jede Elfe mit seiner Zauberblume, und sie beginnen sich zu regen, als ob sie *aus dem Schlaf erwachen*. Während Detta und Heinz sich neugierig nähern, immer noch schüchtern einander festhaltend, tippen *die beiden Butterblumen* die graue Puhstemuhme an, und die eine von ihnen beginnt zu singen:

(25)

> Krause, krause Muhme,
> alte Butterblume,
> Puhsterchen, nanu?

Die andre stimmt ein:

> Wo hast du denn dein Hütchen,
> dein gelbes Federnschütchen?
> worauf wartest du?

Die Puhstemuhme erwidert:

> Warte aufs Kindchen,
> auf ein lieb Mündchen,
> ich alte griese
> Trauerliese,
> puh, puh, puh.
> Ach bitte, puhst mich doch
> rasch in den Himmel hoch –
> tausend kleine Nackedeys
> spielen da im Gras,
> tausend kleine Nackedeys
> lachen sich da was!

Während der letzten beiden Zeilen ist sie in die Kniee gehockt, und die beiden Butterblumen haben ihr die graue Flugfädenkrone vom Kopf gepuhstet, sodaß sie nun ganz kahlköpfig ist und sich rasch hinter die Büsche verkriecht; (26) ein lustiges Lachen – »haha-ha« – geht durch die ganze Elfenschar und steckt auch Heinz und Detta an. Sie klatschen hüpfend in die Hände und lachen nochmals »hahaha« – dann Heinz allein noch einmal laut »hah« – wobei die Elfen sich um sie versammeln. (27) Husch stellt sie paarweis den Kindern vor, und es entwickelt sich ein *Begrüßungstanz*: Menuett in Quadrillenform. Husch kommandiert mit der Zauberblume; Detta und Heinz stehn zwischen den beiden gelben Blumen, die übrigen Elfen tanzen vermischt, je eine weiße Blume mit einer blauen.

Der Tanz schließt mit tiefer Verbeugung. (28) Husch führt die ganze Gesellschaft bei der Höhle vorbei an den Gartentisch, läßt sie dort Platz nehmen, zieht sich alsdann in sein Häuschen zurück. Heinz und Detta setzen sich auf die Hinterbank, wieder zwischen die beiden Butterblumen; die andern ringsherum um den Tisch, wieder abwechselnd weiß und blau. Sie blicken erwartungsvoll nach dem Häuschen, als ob sie alle *Hunger* hätten; verlegene Pause in der Musik. (29) Plötzlich fängt Detta zu singen an[2] :

> Marie-Marei will Braten machen,
> hat keine Pfanne;
> nimmt sie sich die Schiefertafel
> von klein Schwester Hanne.
> Hat sie eine Pfanne.
>
> Marie-Marei will Braten machen,
> hat keine Butter;
> borgt sie beim Kanarienvogel
> rasch ein bißchen Futter.
> Hat sie Butter.
>
> [Marie-Marei will Braten machen,
> hat keine Kohlen;
> vor der Tür blüht roter Mohn,
> geht sie den sich holen.
> Hat sie Kohlen.[3]]

---

[2] Text von Paula Dehmel (»Kinderküche«).

[3] Dieser Vers kann bei der Aufführung wegbleiben.

Marie-Marei will Braten machen,
fehlt noch das Gänschen;
nimmt sie sich die Pudelmütze
von klein Bruder Fränzchen.
Hat sie's Gänschen.

Hei, mit diesen Wunderdingen
muß der Braten wohl gelingen;
bitte zu Tisch!

Die Schlußzeile jedes Verses wird immer von der ganzen *Tisch-runde* gesungen. Nach dem ersten Vers öffnet sich ein Fenster des Häuschens, sodaß der Tisch noch heller beleuchtet wird. *Husch* guckt eine Weile zum Fenster heraus, schließt es nach dem zweiten Vers, eilt dann hinten den Saumpfad entlang und verschwindet in die *Höhle*. Während des vierten Verses steht *Heinz* neugierig von der Bank auf, begibt sich auch zu der Höhle hin, tut zaudernd ein paar Schritte hinein; kommt gleich darauf zurück, winkt lebhaft der Kinderschar, die eben das Lied beendet hat, und zeigt noch lebhafter hinein. Alle versammeln sich um ihn. Einen Augenblick Halbdunkel; Pause in der Musik.

(30) Da entsteht in der Höhle ein goldiger Schimmer, der langsam näher zu kommen scheint, und ein gedämpfter Hornruf ertönt. Die Kinder schmiegen sich aneinander, weichen furchtsam nach dem Häuschen zurück. Der Hornruf ertönt noch einmal und stärker, aus der Höhle strömt plötzlich taghelles Licht, und es erscheint der *Weihnachtsmann,* hinter ihm Husch mit der blauen Zauberblume. Während Husch den Saumpfad entlang wieder zurück in sein Häuschen tänzelt, bleibt der Weihnachtsmann breitbeinig vor dem Eingang der Höhle stehen. In der Rechten hält er ein Tannenbäumchen mit vielen kleinen brennenden Kerzen; in der Linken, über der Schulter, einen großen gefüllten Sack und eine *grün* leuchtende Zauberblume. Gekleidet ist er in einen langen, mit hellgrauem Pelz verbrämten, moosgrünen Plüschrock, von dem sein weißer Bart sich prachtvoll abhebt, nebst ebensolcher Pelzplüschmütze und schweren schwarzen Schaftstiefeln; in dem breiten goldbrokatenen Gürtel steckt die Rute, um seinen Hals hängt an hellroter Schnur ein kurzes goldnes Tuthorn. Er lockt allmählich die Kinderschar näher, indem er mit tiefer Brummstimme singt:

(31)

> Ich bin der alte Weihnachtsmann,
> ich hab ein'n bunten Wunderpelz an;
> mein Haar ist weiß
> von Reif und Eis.

> Ich komm weit hinter Hamburg her,
> mit langen Stiefeln durchs kalte Meer,
> meinen Mummelsack
> huckepack.

> Da sind viel gute Sachen drin,
> Nüss' und Äpfel und große Rosin'n;
> ich bin ein lieber Mann,
> seht an –

Er hat inzwischen das Lichterbäumchen in eine Felsenspalte gepflanzt, den Sack auf den Boden gestellt und geöffnet, läßt nun die Kinder hineingucken. (32) Detta langt ein paar *Pfefferkuchen* heraus, gibt Heinz und den Andern davon ab, will nochmals langen. Aber plötzlich gröhlt sie der Weihnachtsmann an, sodaß sie alle zurückfahren:

> Ich kann aber auch böse sein,
> dann fahr ich mit der Rute drein
> und schüttel den Bart:
> na wart't!

Die Kinder haben ängstlich die Hände gefaltet, worauf er begütigend fortfährt:

> Nein, seid nicht bang – seid lieb und gut,
> seid wie das Blümlein Wohlgemut!
> Das nimmt beglückt
> alles, was der Himmel schickt.

(33) Die Kinder drängen sich nun dicht um den Sack und lassen sich *beschenken*. Die Elfen bekommen allerlei kleine Musikinstrumente, Heinz das Tuthorn und einen goldenen Säbel mit hellrotem Gurt, den er sich über sein Nachthemd schnallt, dazu einen weißen Papierhelm mit hellrotem Stutz. Detta hängt sich eine lange dreifache Kette aus hellroten Perlen um den Hals und setzt sich einen weißen Wipphut mit hellroten Flatterbändern und goldenen Glöckchen auf den Kopf. Zuletzt krigt Heinz vom Weihnachtsmann noch ein ebenso geformtes, aber viel größeres *Schreibzeug*, als das im Schlafzimmer umgefallene. Dann verschwindet der Weihnachtsmann in die Höhle, läßt aber das Lichterbäumchen stehen.

Husch hat währenddem ein anderes Fenster des Häuschens geöffnet und sieht sich das Getümmel an. Die Kinder hüpfen vergnügt herum, trompeten in das Häuschen hinein, essen Kuchen und machen einen *Heidenlärm*. Vorn steht Heinz und bemüht sich, das große Schreibzeug zu öffnen. Plötzlich entfällt es ihm und die *Tinte läuft aus*. Er besieht sich seine beschmierten Finger, macht Miene zum weinen und fährt sich mit den Händen an die Augen; Gesicht und Helm kriegen *schwarze Flecken*. (34) Die andern bemerken es, lachen laut auf, schließen einen Reigen um ihn und singen ein Spottlied[4] :

> Heini, Heini,
> ach, ist Heini dumm!
> stippt mit allen Fingerchen
> im Tintenfaß herum.

> Heini, Heini,
> kleiner dummer Mohr!
> stippt sich alle Fingerchen,
> klecks, ins Ohr.

(35) Heinz trampelt wütend mit den Beinen, nimmt seinen Helm und schleudert ihn hinter die Büsche; Husch lacht hell auf, dann winkt er dem Bengel. Während die Mädchen (Detta und die Elfen) dem *Helm* nachrennen, um ihn zu *suchen*, läuft Heinz mit dem Schreibzeug zu Husch in das Häuschen. Die Mädchen können den Helm nicht finden, kommen alle achselzuckend zurück (nach und

---

[4] Text von Paula Dehmel.

nach, im Takt der Musik). Husch hat inzwischen Heinz gesäubert, tritt nun (ohne das Schreibzeug) mit ihm aus dem Häuschen, winkt den Mädchen mit der Zauberblume und singt ihnen zu:

(36)

> Kinder, kommt, verzählt euch nicht,
> Jeder hat zehn Zehen;
> wer die letzte Silbe krigt,
> der muß suchen gehen.

Er dämpft seine Stimme, singt geheimnisvoll weiter, und macht dazu zögernde Abzählschritte:

> Suche, suche, warte noch,
> Käuzchen schreit im Turmloch,
> macht zwei Augen wie Feuerschein,
> die leuchten in die Nacht hinein,
> fliegt aus seinem Häuschen,
> sucht im Feld nach Mäuschen,
> husch husch huh,
> das Käuzchen – das – bist – Du! –

Die Kinder haben einen Halbkreis um Husch gebildet und allmählich die Abzählbewegungen nachgemacht. Die letzten beiden Zeilen singen sie mit, erst leise, dann immer lauter, und bei dem langgezogenen »Du« zeigen sie alle knixend auf Husch. Plötzlich schlägt in dem Halbkreis, dampfend rot, eine mächtige *Flamme* aus der Erde; das »Du« verhallt in ein dumpfes Donnern, und aus dem *Rauch* schnellt *Fitzebutze* empor. (37) Die Kinder sind kreischend auseinander gestoben, Husch weicht erstaunt in sein Häuschen zurück, mit der Zauberblume einen Bannkreis ziehend; und während er rasch von innen das Fenster schließt, tanzt Fitzebutze vor der Schwelle einen machtlos zappelnden *Drohtanz*. Er ist noch im selben Habit wie früher, mit dem alten geflickten Bommelhut.

Die Erste, die sich hervorwagt, ist *Detta*. Sie nähert sich Fitzebutzen von hinten, zupft behutsam an seinem langen Ziehschwanz, und als er sich umdreht, knixt sie und singt:

(38)

Fitzebutze, sei doch gut!
Willst du einen neuen Hut? –
Klinglingling, wer bringt das Band?
Königin aus Mohrenland!
Knicks!

Sie hat dabei mit den Fingerspitzen die Bänder ihres Wipphuts
ergriffen und schüttelt die Glöckchen im Takt der Musik:

Knix, ich bin Frau Königin,
hab zwei Lippen wie Zuckerrosin'n.
Fitzebutze sieh mal an:
ei, wie Detta tanzen kann!
hopps!

(39) Sie beginnt einen Walzer, den Kindern winkend.

Hopßa, hopßa, hopßassa,
Königin von Afrika!
Flitzeputzig, Butzebein,
wann soll unsre Hochzeit sein?
Na?

Die ganze Kinderschar hat sich allmählich angeschlossen und
tanzt im *Ringelreihen* um Fitzebutze. Dieser scheint nun beruhigt
und steht in steifer Würde vor Detta. (40) Bei »Na?« erscheint aber
Husch auf dem Dach, verläßt sein Häuschen und eilt auf dem
Saumpfad der *Höhle* zu. Sofort wird Fitzebutze wieder unruhig, und
jetzt fängt *Heinz* zu singen an:

Na, du alter Hopßassa,
willst du mit nach Afrika?
Flitzeputzig, Butzebein,
bitte, hilf uns lustig sein!
Komm!

Aber Fitzebutze starrt angestrengt nach der Höhle hinüber, in die Husch verschwunden ist, und die Kinder tanzen nochmals einen Rundgang um ihn. (41) Nur *Detta* bleibt vor ihm stehen, schüttelt ihn und singt:

> Komm doch, lieber Hampelmann,
> deine Detta sieht dich an!

Heinz fällt ein:

> Alle Kinder sehn dich an!

Detta fährt fort:

> Sieh doch endlich manchmal her;
> freust du dich denn garnicht sehr?
> Du?

Heinz schiebt sie wieder weg und gröhlt:

> Du! so hör doch, Flitzebock,
> steh doch nicht wie'n Fliegenstock!
> Sieh dir mal mein Tuthorn an,
> bitte, lieber Hampelmann!
> Horch!

(42) Er bläst in das Horn, und Fitzebutze fängt nun wirklich zu hopsen an, wozu die Kinder vergnügt in die Hände klatschen. Da kehrt *Husch* aus der Höhle zurück, und mit mächtigem Satz springt Fitzebutze aus dem Ringelreihen auf ihn los, will ihm die Zauberblume entreißen. Husch nimmt sie wie früher rasch hinter den Rücken, tänzelt rückwärts vor Fitzebutze her, ihn ab und zu mit der Blume neckend, und singt dabei:

(43)

> Hüt dich, hüt dich, Hampelmann,
> rühr mir nicht die Blume an!
> Mit Zauberblumen umzugehn,

muß man verstehn, muß man verstehn!
husch! –

Er nähert sich im Zickzack dem Häuschen; Fitzebutze hopst steif ihm nach, greift immer an der Blume vorbei, wozu die Kinder verstohlen kichern. Plötzlich gibt Husch ihm einen *Nasenstüber*, schlüpft in das Häuschen und klappt die Tür zu. Dabei klemmt sich aber die Blume ein, bleibt im Türspalt stecken, und *Fitzebutze ergreift sie*. Er zieht mit aller Gewalt an dem Stengel, krigt ihn endlich heraus und fällt auf den Rücken. Springt sofort wieder hoch, die Blume schwingend, während Husch auf dem Dach des Häuschens erscheint und nach hinten über die Felsen enteilt; man sieht ihn oben zwischen den Tannen verschwinden.

(44) Fitzebutze tanzt wie rasend einen *Triumphtanz* mit der Blume. Dann springt er auf den Gartentisch, zieht die Gondel des *Luftballons herunter*, winkt Heinz und Detta zum Einsteigen. Detta ist willig, Heinz versteckt sich zwischen die Elfen. Diese versuchen ihn zu schützen; Fitzebutze erhebt die Zauberblume, scheucht die Elfen aus einander, berührt dann Heinz, und dieser muß ihm wie traumwandelnd folgen. (45) Schon wollen die Kinder die Gondel besteigen, von Fitzebutze mit Püffen genötigt, da nähert sich von den Bergen hinten eine marschförmige Musik, und unter *Huschens* Führung kommt langsam ein *Zug von Schneemännern* angetappt. Sie sind dick in weiße Watte vermummt; nur die Knöpfe der Wämser sind kohlschwarz, desgleichen Augen und Mund der Gesichtsmasken. In den Händen tragen sie weiße Körbe, aus denen sie fortwährend Schnee streuen. Dazu singen sie im tiefsten Baß:

Hohohoh, Herr Hampelmann,
hüte dich, du bleibst im Bann!
Hohohoh, hahahah,
warte, alter Hopßassa!
Halt! –

Auf der ganzen Bühne beginnt es zu schneien, erst dünn und glitzernd, dann immer dichter. Heinz und Detta klatschen vergnügt in die Hände; die Elfen aber und Fitzebutze beginnen zu beben und zu bibbern, und bald zittern auch Heinz und Detta vor Frost. Husch postiert die Schneemänner teils den Saumpfad entlang, teils auf die Höhle und das Häuschen; einige sind auf die Bäume geklettert und haben sich zwischen das Astwerk gesetzt. (46) Dann eröffnet er, vom Dach des Häuschens, eine *Schneeball-Kanonade* auf Fitzebutze. Dieser hopst zähneklappernd umher und beginnt einen heftigen *Frostbibbertanz*. Die Blumenelfen, ebenfalls frosthüpfend, wollen Detta und Heinz in die Höhle führen. Während Fitzebutze ihnen nachsetzt, beginnen sie leise und wehmütig, immer verzagter vor sich hin, das Puhstemuhmenlied von neuem:

> Husch, husch, huh,
> puh, puh, puh!
> Ach bitte, puhst uns doch
> rasch in den Himmel hoch –
> tausend kleine Nackedeys
> spielen da im Gras,
> tausend kleine Nackedeys
> lachen sich da was.

(47) Plötzlich, laut lachend, erscheint der *Weihnachtsmann* wieder, wehrt ihnen den Eintritt in die Höhle, vertreibt sie mit mächtigen Schneeballwürfen. Die Elfen *verkriechen* sich unter die Büsche, immer leiser und müder singend, und fallen allmählich, wobei es dunkler wird, in ihren *Blumenschlaf* zurück. Auf dem Weihnachtsbäumchen neben der Höhle ist in dem dichten Schneegestöber ein Lichtlein nach dem andern erloschen; nur die Fenster des Häuschens sind noch erleuchtet, werfen wieder ihr bläuliches Licht durch den Schnee, und Fitzebutze tanzt wie ein Irrwisch mit dem Glühlicht der Zauberblume herum. Heinz und Detta sind nach dem Häuschen geflüchtet, doch liegt der Schnee schon zu hoch vor der Tür. (48) Fitzebutze erwischt sie beim Anklopfen, berührt sie mit der Zauberblume, treibt sie knuffend zurück an den Luftballon. Husch will ihnen zu Hilfe eilen, den Saumpfad entlang, bei der Höhle vorbei, wird aber dort vom Weihnachtsmann festgehalten.

Der Weihnachtsmann faßt Husch am Kragen, dicht neben den schlafenden Blumenelfen, und sagt ihm langsam etwas ins Ohr, mehrmals auf den Luftballon weisend. Husch sträubt sich erst, dann nickt er befriedigt, und beide fangen zu lachen an. Der Weihnachtsmann geht in die Höhle, kommt gleich darauf zu Husch zurück und überreicht ihm, noch lauter lachend, eine *neue Zauberblume*, deren Blüte ein *grünes* Glühlicht krönt. Währenddem sind die Kinder in die Gondel gestiegen, und Fitzebutze steigt steifbeinig nach. Dabei wirft er Dettas Hut in den Schnee, und die Schneemänner fangen auch an zu lachen. Detta greift nach dem Hut hinunter, aber schon geht die *Gondel hoch*. Detta nimmt weinend die Hand an die Augen, Fitzebutze droht Husch mit der blauen Blume. Dieser hebt lachend seine grüne, dreht Fitzebutzen eine Nase, und das Gelächter wird Gesang:

(49)

>Ha-ha-hah, fahr nur zu,
>hüt dich, alter Kakadu!
>Mit Zauberblumen umzugehn,
>muß man verstehn, muß man verstehn!
>Ha-ha-hah, gib Acht, gib Acht:
>wer's nicht kann, wird ausgelacht!

(50) Der Weihnachtsmann lacht noch stärker als Husch, und die Schneemänner stimmen kräftig ein. Die Gondel verschwindet im Schneegestöber; unter stärkster Lachmusik fällt der Vorhang.

Dritter Aufzug

Bild: Mexiko

Fahle Steinwüste mit Tempeltrümmern. Links im Hintergrund
ein Meerbusen, rechts hinter Bergkegeln ein Vulkan; über dem Meer
weißglänzend der Vollmond. An der Seite rechts vereinzelte Ko-
kospalmen und eine riesige Kaktusgruppe. Links im Vordergrund
eine zerfallene Tempelwand, mit einigen hohen Agaven bewachsen;
die verwitterten Mauerblöcke sind bis zur Küste hin verstreut und
tragen noch Spuren fratzenhafter, starr symmetrischer Ornamente.
An der Wand aus Stufen eine steinerne Thronbank, dreisitzig, großer Mittelsitz mit zwei abgeschrägten kleineren Ecksitzen; die
plumpen Lehnen und Füße gleichfalls mit bizarren Ornamenten.
Bei Aufgang des Vorhanges ist der Luftballon schon gelandet; die
Gondel ist rechts, zwischen den Palmen und der Kaktusgruppe, an
einem Steinhaufen befestigt und bleibt dauernd dort hängen.

Fitzebutze steht vor der Gondel, läßt gebieterisch *Heinz* und *Detta*
aussteigen. Die Kinder sind noch in gleicher Kleidung wie bei der
Abfahrt vom Zauberwald, also in Hemden und barfuß, Detta mit
der roten Kette geschmückt, Heinz mit Säbel und Tuthorn; auch
Fitzebutze trägt noch immer den ramponierten Bommelhut. Er führt
die Kinder mit feierlich steifen Bewegungen, die ängstlich von
ihnen nachgemacht werden, hinüber zu den Stufen der Thronbank.
Sie stocken einige Male dabei (immer genau im Takt der Musik)
und sehen sich scheu nach der Gondel um; dann hopst Fitzebutze
immer zurück, droht ihnen mit Rippenpüffen, hebt die Zauberblume und zwingt sie zu folgen. (51) Er setzt sich götzenhaft auf den
Thron, die Kinder neben ihn auf die Ecksitze. Er läßt sich von Heinz
das Tuthorn reichen, bläst zweimal einen lauten *Weckruf* und
stampft auf den Boden; ein leise donnerndes Echo ertönt, und von
fern erwidert eine Fanfare.

Fitzebutze erhebt sich lauschend. Dann nickt er, hängt sich das
Horn auf die Schulter und setzt sich wieder götzenhaft hin. (52) Von
links her kommt eine *Karawane* mit einer exotischen Marschmusik;
alle Welt scheint vorbeizuziehen. Voran ein Trupp Indier mit einem
Elefanten, dann (53) Chinesen mit allerlei Vögeln und Äffchen,
dann Negerweiber mit einer Giraffe, dann Indianer mit mehreren

Bären, zuletzt (54) Beduinen mit einem Kamel; die Beduinen und Indier weißgekleidet, die Negerinnen mit hellblau und weiß gestreiften Schürzen, die übrigen in bunter Tracht. (55) Sie machen einen *Rundgang* vor Fitzebutze, jeder Trupp verneigt sich sklavisch tief; ziehen dann alle rechtshin ab. Fitzebutze schlägt mit der Zauberblume den Takt zu ihren Bewegungen. (56) Sobald sich die Beduinen entfernen, springt er mit einem sausenden *Luftschwung* auf den Rücken des Kamels und trollt mit der Karawane davon. Der Vulkan beginnt Rauchwolken auszustoßen, die ab und zu den Mond verdunkeln.

Die Kinder sehen sich plötzlich allein. Sie steigen furchtsam vom Thron herunter und wollen zu der Gondel hin. Aber da zucken vor ihren Füßen rotgelbe Flämmchen aus der Erde und treiben sie zum Thron zurück. Die Flämmchen verlöschen gleich immer wieder, hüpfen wie *Irrlichter* hin und her, sich immer dichter zu Füßen der Kinder sammelnd. Heinz zieht den Säbel und haut nach ihnen; sie weichen zurück und kommen wieder. Erst an den Thronstufen machen sie Halt und hüpfen nun rastlos daran herum. Detta ruft zaghaft »Fitzebutze!« Es antwortet nur ein leises Donnern. Heinz ruft lauter »Fitzebutze!!« Ein Windstoß und nochmals dumpfes Donnern. (57) *Detta* fängt händefaltend zu *singen* an:

Bitte, bitte, Blitzepul –

Heinz singt weiter:

Komm zurück aus deinen Stuhl –

Beide gemeinsam:

Komm zurück mit deinem Hut,
donnre nicht, wir sind dir gut –
huh! –

Die Irrlichter sammeln sich wieder dichter und hüpfen gegen die Thronstufen. *Detta* singt weiter:

Huh, die wilden Lichter da –

Heinz fährt fort:

Huh, sie kommen wieder nah –

Beide:

Bitte, bitte, Blitzebeck,
Jag die bösen Lichter weg!
husch! husch! husch!

Die Kinder versuchen, bei der letzten Zeile auf die unterste Stufe
tretend, die Flämmchen heftig wegzuscheuchen; horchen plötzlich
hoch auf. Eine helle Stimme (58) erwidert von fern:

Husch, husch, husch,
ich schlüpfe aus dem Busch.
Ich bin daheim auf jeder Bahn
mit meinem goldnen Zauberkahn;
den haben wir in dieser Nacht,
der Mond und ich, uns ausgedacht,
husch, husch, husch,
im Busch.

Zugleich ist *Freund Husch* in einem phantastisch verzierten Nach-
en auf dem Meerbusen erschienen und rudert singend dem Ufer zu;
am Bug des Nachens ist die Zauberblume des Weihnachtsmanns
aufgepflanzt und wirft ihr grünliches Licht über Husch. (59) Jetzt
steigt er ans Land, ergreift die Blume, eilt auf die rotgelben Irrlichter
los und treibt sie von den Thronstufen weg; dann umarmt er und
küßt und streichelt die Kinder. Die Irrlichter kommen aber wieder,
und der Vulkan wirft dunklere Rauchwolken aus. Da weist Detta
auf den Luftballon, und während Husch mit der Zauberblume die
Irrlichter von den Kindern abwehrt, suchen sie langsam hinüberzu-
kommen und in die Gondel einzusteigen.

(60) Sofort kommt *Fitzebutze* zurückgeritten, saust vom Rücken
des Kamels durch die Luft und postiert sich drohend vor die Gondel. Er zieht einen Bannkreis mit seiner blauen Zauberblume, und
Husch weicht mit den Kindern beiseite; das Kamel läuft mit großen

Sätzen weiter, verschwindet hinter der Tempelwand links. Die Irrlichter bilden um Husch und die Kinder einen breiten wimmelnden
Ringelkreis, stehen dann eine Weile still. *Husch, spöttisch lächelnd,*
verschränkt die Arme, blickt Fitzebutze an und singt:

> Du – du – du –
> hüt dich, Fitzebuh!
> Du vergißt wohl, alter Knabe,
> daß ich dich erschaffen habe.
> Mit Zauberblumen umzugehn,
> muß man verstehn, verstehn, verstehn –
> *hüt* dich! –

(61) Aber Fitzebutze dreht ihm den Rücken, stampft auf den Boden, bläst wild in das Tuthorn; die Irrlichter verschwinden plötzlich. Fitzebutze bläst abermals, und im Halbdunkel kommen von
allen Seiten, hinter den Steinen und Trümmern hervor, unzählige
kleine Fitzebützchen (genau so gekleidet wie der große) mit kleinen
Spießen angehopst und rücken in zappelndem Wirrwarr auf Husch
los. Dabei ertönt wieder leiser Donner, und auf dem Gipfel des
Vulkans entsteht ein rötlicher Feuerschein. Husch zieht Bannkreise
mit der grünen Blume, Heinz deckt ihm mit dem Säbel den Rücken,
und sie suchen samt Detta den Thron zu erreichen. Kaum aber nähern sie sich den Stufen, saust Fitzebutze von neuem hoch, quer
durch die Luft auf die oberste Stufe, und verwehrt ihnen auch hier
den Zutritt. Während Husch mit den Kindern etwas zurückweicht,
tritt die Hälfte der kleinen Zappelkerle in *Gardestellung* um den
Thron, die andre Hälfte um die *Gondel* des Luftballons, und beide
Garden *fällen die Spieße*, nach dem in der Mitte stehenden Husch.
Fitzebutze verschränkt majestätisch die Arme, Husch tut mit spötti-
schem Lächeln desgleichen, jeder steil seine Blume haltend; dro-
hende Pause in der Musik.

(62) Auf einmal fängt *Detta* an zu singen, nähert sich schelmisch
bittend dem Thron, macht einen Knix vor Fitzebutze:

> Lieber schöner Hampelmann,
> deine Detta sieht dich an!

Heinz fällt nachdrücklichst ein:

Alle Kinder sehn dich an!

Detta fährt fort:

Fitzebutze, sei doch gut,
schenk mir einen neuen Hut!
Ja?

Heinz und *Detta*, gemeinsam loslegend:

Ja, nicht wahr, du bist nicht so,
lieber Gott von Mexiko.
Bitte, bitte, Flitzebusch,
komm herab und tanz mit Husch!
Hopps!

(63) Die Kinder haben dabei einen übermütigen *Walzer* begonnen und machen nun eine Runde um Husch. Der Tanz wirkt auf Fitzebutze wie elektrisierend. Er ruckt immer stärker mit Armen und Beinen, und seine kleine Zappelgarde macht die Bewegungen steifbeinig nach; nur Husch steht noch unbewegt in der Mitte. (64) Da löst sich Detta wirbelnd von Heinz, nimmt *Fitzebutze* bei der Hand, zieht ihn vom Thron und führt ihn auf *Husch* zu. Diesem reicht sie die andre Hand, und sie tanzen einige Takte zu dritt. Dabei legt sie die Hände der Beiden immer fester in einander, und schließlich tanzt alles einen *Versöhnungstanz*. In der Mitte Husch und Fitzebutze, jeder vorsichtig seine Zauberblume mit der andern Hand auf den Rücken haltend. Um sie herumwirbelnd Heinz und Detta. Rechts und links die kleine Zappelgarde, hin und wieder nach Hampelmannsart eine tiefe Kniebeuge machend. (65–66) Alle singen dabei wie närrisch:

Hopps, der böse Blitzebold
ist auf einmal Allen hold!
Hopps, er bleibe ewig so,
dann ist's schön in Mexiko!
Hopps! –

(67) Der Tanz endet mit stärkstem Händeschütteln, Dienern, Knixen und Kniebeugen. Dann nehmen Husch und Fitzebutze die beiden Kinder zwischen sich und führen sie feierlich *auf den Thron*. Die Kinder setzen sich auf den Mittelsitz, Husch auf den vorderen Ecksitz, Fitzebutze auf den hinteren; die Zappelgarde formiert sich um den Luftballon. Gespannte Pause in der Musik; dann bläst Fitzebutze in das Tuthorn. (68) Wieder folgt ein leises Donnern, und der Feuerschein auf dem Vulkangipfel beginnt unruhig zu züngeln. Von rechts her kommen *fünf papageienähnliche Wesen* und bringen eine *Korallenkrone*, die mit kleinen goldenen Glöckchen besetzt ist. Sie verbeugen sich ehrfürchtig vor dem Thron, und der mittelste der Papageien, ein gelb und weißer Kakadu, legt Detta die Krone auf den Schoß. Dann beginnen sie, mit den Flügeln schlagend, einen gravitätischen *Hopstanz* und (69) krächzen Detta dabei an:

Hops, du bist Frau Königin,
hast zwei Lippen wie Zuckerrosin'n.
Fitzebutze ist dir gut,
schenkt dir einen neuen Hut;
ei!

Detta hat sich die *Krone aufgesetzt*, stimmt ein in den Gesang (70) und klatscht mit den Händen den Tanztakt:

Ei, nun sind wir endlich froh –

Auch *Heinz* stimmt ein:

lieber Gott von Mexiko –

Auch die *Zappelgarde*:

Flitzeputzig, Blitzebold,
komm herab vom Thron getrollt!
hopps!

Und *Husch* fügt liebenswürdigst hinzu:

Komm nur, komm! gebt Acht, gebt Acht,
jetzt enthüllt sich seine Macht!
hopps!

Inzwischen ist Detta vom Thron gehüpft, und die Garde ist mit ins Hüpfen geraten; nur Fitzebutze, Heinz und Husch sind ruhig oben sitzen geblieben. Auf einmal, bei dem letzten »hopps«, springen *alle* ruckhaft hoch, und Fitzebutze saust durch die Luft auf einen der Bergkegel an dem Vulkan. (71) Dort stampft er dreimal auf das Gestein, daß es wie Paukenschläge dröhnt, und hebt dazu dreimal die Zauberblume. Während die Andern noch wie erstarrt zu ihm aufblicken, schießt unter Trommeln- und Trompeten-Geschmetter eine *mächtige Lohe* aus dem Vulkan, und aus der Lohe ein sprühender *Funkenregen*, der die ganze Umgebung überschüttet.

In *wilder Flucht* stürzt alles davon, die Kakadus mit der Zappelgarde nach links hinter die Tempelruine, Husch mit den Kindern nach rechts zu der Gondel hin; Heinz verliert dabei seinen Säbel, Detta die Krone und Perlenkette. (72) Sobald sie eingestiegen sind, saust Fitzebutze, der sich bis dahin majestätisch auf dem Bergkegel reckte, durch den Funkenregen zu ihnen hinüber und schwingt sich auch mit in die Gondel. Der Ballon steigt auf, der Vorhang fällt.

(*Große Pause*)

Vierter Aufzug

Bild: Märchengarten

Links und im Hintergrund hohe Frühlingsbäume, über und über im Blütenschmuck, teils mit weißen, teils rosaweißen Blüten. Rechts Felswände mit ebenso blühenden Sträuchern und Büschen. Die Felsen bilden in der rechten Hintergrund-Ecke eine Höhle, deren Öffnung von weißblühenden Kletterrosen umrankt ist. In der linken Ecke ein zierlicher Pavillon aus vergoldetem Gitterwerk, gleichfalls mit weißen Kletterrosen. Unter den Bäumen hinten und links, auch an der Felswand rechts entlang, kleine Tische, Bänkchen und Stühlchen, hellgrün mit vergoldetem Stabwerk, ähnlich denen bei Huschens Häuschen im Zauberwald. In der Mitte ein kleines Rondell, von niedrigen Heckenrosen eingerahmt; im Zentrum ein schlanker blühender Mandelbaum, an dessen Fuß ein Felsblock liegt. Alles in hellstes Mondlicht getaucht.

(73) Bei Aufgang des Vorhanges kommt aus der Höhle ein phantastisch geformter, von großen blauschillernden *Schmetterlingen* gezogener, zweirädriger Wagen, auf dem ein hellblau gekleideter *Elf* mit weißem Maiglöckchenkranz und goldenem Krönchen steht; er hält eine Zauberblume mit milchweißem Glühlicht, und zu Fuß folgen ihm die *blauen Blumenelfen* des Zauberwaldes, Vergißmeinnicht und Immergrün, jede mit einer blauen Glühlichtblume. (74–75) Sie singen ein Lied[5] :

> Maikönig kommt gefahren,
> in seinem grüngoldnen Wagen,
> mit Saus und Gesinge.
> Seine Zügel sind Sonnenstrahlen;
> große blaue Schmetterlinge
> ziehn ihn über Busch und Bach,
> daß die weißen Blütenglocken
> in seinen Locken
> schwingen und springen.
> Und Hans guckt ihm nach

---

[5] Text gemeinsam von Paula und Richard Dehmel.

und hört sein Lied:
wer zieht mit? zieht mit?

Der Zug ist hinter dem Rondell vorbei nach vorn gelangt, bleibt an der linken Seite stehen, lauscht nach der Höhle hin. (76) Aus dieser kommt nun ein *zweiter*, von *weißen* Schmetterlingen gezogener, ähnlich geformter *Wagen*, auf dem eine weißgekleidete *Elfe* mit blaublühendem Immergrünkranz, goldenem Krönchen und blauer Glühlichtblume steht. Ihr folgen die *weißen Blumenelfen* des Zauberwaldes, Schneeglöckchen und Maiglöckchen, und zuletzt *die zwei Butterblumen*; diese beiden mit gelben Glühlichtern, jene sämtlich mit milchweißen. Der Wagen bleibt vor der Höhle stehen, und sie singen den Andern zur Antwort:

> Kommt das Maienweibchen,
> trägt ein weißes Kleidchen,
> trägt ein grünes Kränzchen,
> sagt zu unserm Hänschen:
> Eia, Hans,
> komm zum Tanz!
> Einen Schritt Frau Nixe,
> einen Schritt Herr Nix,
> Ringeldireih, Ringeldireih,
> Dienerchen,
> Knix!

Bei »Eia Hans« ist das Maienweibchen von ihrem Wagen gehüpft, dem Maikönig entgegen. Auch dieser ist vom Wagen gestiegen (alles im Takt der Musik) zu einem *Begrüßungstänzchen* mit ihr. (77) Nach »Knix« tanzen alle Blumenelfen einen *kurzen Reigen*, wobei der Maikönig und das Weibchen ihre *Kränze* und *Glühlichter austauschen*; nur die beiden Butterblumen bleiben (die eine vorn links, die andre rechts hinten) bei den Schmetterlingsgespannen stehen, die zuweilen unruhig die Flügel bewegen, als ob sie am Tanz teilnehmen möchten. Plötzlich stockt der Reigen, und alle lauschen erstaunt empor. (78) Von oben naht mehrstimmiger Gesang:

> Husch, husch, husch,
> wir schlüpfen aus dem Busch.
> Wir sind daheim auf jeder Bahn,
> von Mexiko bis Hindostan,

husch, husch, husch,
im Busch.

Die Elfen haben immer lebhafter in die Höhe gewinkt und sind
allmählich nach hinten neben das Rondell getreten. Von den Zweigen der Bäume stiebt ein *Blütenblätterwirbel* herab, hinter dem Man-
delbäumchen erscheint die Gondel mit dem Luftballon, und unter
allgemeinem Jubel landen *Husch, Heinz, Detta* und *Fitzebutze* neben
dem Pavillon. Sie sind noch in demselben Aufzug wie bei der Abfahrt von Mexiko: Detta und Heinz im Nachthemd und barfuß,
Husch mit der grünen Glühlichtblume, Fitzebutze mit der blauen,
dem Tuthorn und dem geflickten Hut.

(79) Während Fitzebutze noch mit dem Aussteigen beschäftigt ist,
wobei er den Kindern wie den Elfen tyrannisch mit seiner Blume
droht, nimmt Husch den Maikönig und das Maienweibchen vorn
rechts beiseite und (80) *flüstert ihnen etwas ins Ohr*, bald auf die
Glühlichtblumen deutend, bald nach Fitzebutze hinüberweisend.
Das Königspärchen nickt belustigt und tänzelt dann zu den Elfen
zurück; Husch aber begibt sich in die Höhle. Man sieht den *Maikönig* und das Weibchen zwischen den Elfen herumhüpfen und hinter
Fitzebutzens Rücken *Befehle* austeilen. Dann verneigen sie sich sehr
tief vor ihm, ihre Zauberblumen vor seiner senkend, die er steif in
beiden Händen hält; *schenken nun ihre Blumen den Kindern* und besteigen wieder die Schmetterlingswagen. Diese setzen sich in Bewegung, beide nach dem Luftballon hin, das Maienweibchen hinter
dem Rondell entlang, der Maikönig vorn herum ihr folgend.

(81) Während die eine *Hälfte der Elfen*, blau und weiß durchei-
nander, mit dem *Ballon* und dem *Königspärchen* nach links *davon-
zieht*, läßt Fitzebutze sich von der andern Hälfte mitsamt den Kindern nach vorn führen. Er fühlt sich offenbar sehr geschmeichelt
und zappelt gnädig hin und her, denn die Elfen singen ihn an:

> Eia, Hans,
> komm zum Tanz!
> Einen Schritt Frau Nixe,
> einen Schritt Herr Nix,
> Ringeldireih, Ringeldireih,
> Dienerchen,
> Knix!

Dabei beginnen sie einen *Ländler-Reigen*, gleichsam um Fitzebutze einzuüben, und vertauschen wie tändelnd in einem fort ihre Glühlichtblumen; Fitzebutze tanzt in der Mitte, mit den Kindern und den zwei Butterblumen, die sich inzwischen hinzugesellt haben, und wird immer gelenkiger. Allmählich kehrt auch das andre Elfenvolk, das mit dem Ballon verschwunden war, zu den Tanzenden zurück, jetzt aber ohne das Königspärchen, und *Husch* erscheint in der Höhlenöffnung. (82) Er winkt den Zurückkehrenden, den Reigen um das Rondell auszudehnen und am *Austausch der Glühlichtblumen* teilzunehmen. Fitzebutze, der Husch nicht bemerkt hat, sondern mit den zwei Butterblumen charmiert, läßt sich von diesen und den Kindern verführen, den Blumentausch gleichfalls mitzumachen. Ein Weilchen gefällt ihm das recht gut, weil ihm immerfort eine neue Blume gereicht wird.

Auf einmal jachtert der Reigen nach rechts und links auseinander: *Fitzebutze*, verblüfft, steht einsam *ohne Blume* da, und *Husch* springt mit *zwei* Blumen (seiner grün leuchtenden und einer blauen) in das Rondell auf den Felsblock. Auf diesem stehen bleibend, zieht er Bannkreise mit den Blumen, während die Elfen mit Heinz und Detta hinter das Rondell zurückweichen. Dabei singen und lachen sie:

> Eetsch, eetsch, ha-ha-hah,
> droh nur, alter Hopßassa!
> Ha-ha-hah, du bleibst im Bann,
> bist und bleibst ein Hampelmann!
> Mit Zauberblumen umzugehn,
> ha-ha-hah, muß man verstehn –
> eetsch! –

Fitzebutze, jetzt wieder steifbeinig werdend, hopst ohnmächtig vor dem Rondell herum, erst gegen Husch an, dann den Elfen nach; diese lachen immer belustigter, eetschen ihn mit den Fingern aus und entweichen bald linkshin bald rechtshin. (83) Schließlich vollführt er vor Husch einen fäusteschüttelnden *Wuttanz*, hält plötzlich kerzengrad inne, tippt sich vor die Stirn, ergreift entschlossen das Tuthorn. Er bläst hinein wie in Mexiko, stampft dreimal auf den Boden. Aber kein Donner antwortet diesmal; sondern das Elfenvolk lacht »ha-ha-hah«, wieder mit den Fingern eetschend, und aus der Höhle nähert sich eine forsche Trommeln- und Pfeifen-Musik.

(84) In der Höhlenöffnung erscheint der *Weihnachtsmann,* jetzt aber in dunkelgrüner *Generalsuniform,* mit mächtigem Schleppsäbel und Kanonenstiefeln. Hinter ihm her zwei Kolonnen *Soldaten, ganz kleine Soldaten,* noch kleiner als Heinz und Detta. Die erste Kolonne, auf Steckenpferdchen, trägt rote Husaren-Uniform und führt ein *unberittenes Schaukelpferd* mit sich, einen großen Apfelschimmel; die zweite, in dunkelgrüner Schützen-Uniform, marschiert zu Fuß mit aufgepflanzten Seitengewehren. Der Weihnachtsmann geht auf *Fitzebutze* los, packt ihn beim Kragen und nimmt ihm das Tuthorn weg (alles im Takt der Marschmusik). Dann zieht er den Säbel und eskortiert den zappelnden Fitzebutze schnurstracks nach dem *Pavillon.* Dort läßt er ihn von vier Soldaten, während die andern »Hurra« schreien, ehrerbietigst *gefangen* setzen, steckt den Säbel ein, begrüßt die Kinder und Husch. Dieser reicht ihm die grüne Zauberblume, erhält dafür das Tuthorn von ihm.

(85) Nun tritt der Weihnachtsmann in das Rondell, stellt sich breitbeinig vor den Felsblock, die eine Hand auf den Säbel gestützt, und kommandiert eine *Parade*:

> Still jetzt, Kinder, macht mir Ehr!
> richtet euch! präsentiert's Gewehr!
> Zeigt dem alten Hampelmann,
> wie man *orndtlich* zappeln kann!
> Marsch!!!

(86) Husch nimmt mit Detta vor dem Eingang der Höhle Stand, die Blumenelfen setzen sich hinten und an den Seiten entlang auf die Stühlchen, und *Heinz* schwingt sich aufs *Schaukelpferd.* Dieses steht mitten vor dem Rondell; rechts und links das Soldatenvolk, je eine rote mit einer grünen Truppe, immer den Winken des Weihnachtsmanns folgend, der die Blume wie einen Kommandostab schwingt. Heinz schaukelt sich und singt dazu[6]):

> Schimmel, willst du laufen,
> will ich dir was kaufen!
> Heißa, lauf nach Mexiko,
> da kaufe ich dir Bohnenstroh;
> laufe nach der Mongolei,

---

[6] Text gemeinsam von Paula und Richard Dehmel.

da kauf ich mir ein Oster-Ei –
hopp!
Eile, Schimmel, eile,
oder du krigst Keile!
Hoppßa, lauf nach Hindostan,
da kaufe ich mir Marzipan;
laufe nach Kap Morgenrot,
da kauf ich dir ein Dreierbrot –
burr!

Bei »burr« macht alles ruckhaft Halt, und die Elfen erheben sich beifallklatschend. (87) Auf einmal entsteht ein völliger *Wirrwarr*: *Fitzebutze* hat sich *befreit*, springt aus dem Pavillon nach vorn, *stößt Heinz vom Schaukelpferd*, entreißt ihm die Maikönigsblume und schwingt sich selber auf das Pferd. Schon aber ist Husch herbeigeeilt, springt wieder ins Rondell auf den Felsblock, streckt seine Zauberblume aus und bläst ein schmetterndes Hornsignal. Das *Schaukelpferd* beginnt zu *bocken*, macht schließlich einen Riesensatz, *wirft Fitzebutzen knallend zu Boden*. Dabei entfliegt ihm die Maikönigsblume, und Heinz bringt sie rasch dem Weihnachtsmann, der sich inzwischen zu Detta vor die Höhle gestellt hat. Zugleich ist unter dem Schaukelpferd eine mächtige Flamme hochgepufft, in deren Dampf das *Pferd versinkt*.

Fitzebutze erhebt sich wütend, führt wieder vor Husch seinen ohnmächtig fäusteschüttelnden Tanz aus, und (88) wird von den Soldaten und Elfen noch lauter als früher ausgelacht:

Eetsch, eetsch, ha-ha-hah,
seht den alten Hopßassa!
eetsch, eetsch, ho-ho-hoh,
schäm dich, alter Flitzefloh!
Mit Zauberblumen umzugehn,
muß man verstehn, verstehn, verstehn –
eetsch! –

Plötzlich kommt *Detta* nach vorn getänzelt, hat ihre Glühlichtblume auch an den Weihnachtsmann gegeben, hält in der rechten Hand eins von den goldgrünen *Gartenstühlchen*, faßt mit der linken den Hampelschwanz Fitzebutzens, sodaß er sich umdreht und stillhalten muß, und singt ihn an:

Fitzebutze, willste woll!
sei doch nicht so schrecklich doll!
Schämst du dich denn garnicht sehr
vor dem ganzen Militär?
Du?

Sie setzt das Stühlchen dicht an die Rosenhecke des Rondells, nimmt Fitzebutze beim Arm, singt weiter:

Du! ich bin Frau Königin!
Komm und setz dich artig hin.
Bitte, bitte, sei nicht so,
lieber Gott von Mexiko;
komm!

(89) *Fitzebutze hockt sich erschöpft auf das Stühlchen*, läßt steif die Glieder hängen, stiert vor sich hin. Detta tippt ihn an und singt weiter:

Komm und sei mir endlich gut!
Bist du nicht mein Fitzeschnut?

Er stiert noch verstockter, und Detta sagt endlich ärgerlich (ohne Musik, im Sprechton):

Ach, du dummer Hampelmann,
siehst ja Detta gar nicht an;
marsch! –

(90) Sie gibt ihm einen Stoß, daß er *hintenüber vom Stühlchen kugelt*, hinter die Rosenhecke in das Rondell, grade vor Huschens Füße; dort zappelt er noch ein weniges, dann bleibt er *regungslos liegen*. Husch springt über ihn weg zu Detta, und die Blumenelfen umringen sie. Der Weihnachtsmann bringt hinter dem Rondell die Steckenpferdreiter wieder in Ordnung; die Fußsoldaten ergreifen jeder ein Stühlchen und sammeln sich unter Heinzens Führung, rittlings auf den Stühlchen sitzend, rechts an der Felswand. Während Husch mit den Elfen und Detta dem Pavillon zutänzelt, beginnen die Stühlchenreiter (den Elfen folgend) eine klappende *Galoppade rings um das Rondell* und (91) singen dazu:

Tipp, tapp, Stuhlbein,
hüh, du sollst mein Pferdchen sein!

Klipp, klapp, Hutsche,
du bist meine Kutsche;
wuttsch!

Inzwischen ist Husch mit der Hälfte der Elfen hinter dem Pavillon verschwunden. Die übrigen Elfen und Detta sind an dem Weihnachtsmann vorbei, der mit den drei Glühlichtblumen den Takt schlägt, wieder nach rechts an die Felswand gezogen. Die *Steckenpferdreiter* haben sich *zwischen* die *Stühlchenreiter* gereiht und einige Bänkchen als Wagen eingespannt. Und während Detta mit den Elfen taktklatschend stehen bleibt, wird der Rundritt immer eifriger fortgesetzt:

Wipp, wapp, zu langsam;
hott, wir fahren Eisenbahn!
Alle meine Pferde,
um die ganze Erde,
rrrutsch!

Alle rutschen mit einem Ruck von den Stühlchen und machen einen Augenblick Halt. Zugleich erscheinen vor und hinter dem Pavillon einige zurückkehrende Elfen; die Zweige der Bäume bewegen sich, und ein *Wirbel von Blütenblättern* stiebt herab. Dann geht der Rundritt stockend zu Ende, und nur wenige Stimmen singen noch:

Tipp tapp, zipp zapp –
halt, wann geht das Luftschiff ab? –

Ein neuer Wirbel von Blütenblättern stiebt nieder; vor dem Pavillon erscheinen die *Schmetterlingswagen* mit dem *Maikönigspärchen*, hinter dem Pavillon der Luftballon, über und über mit hellblauen Blütengirlanden bekränzt und behutsam von mehreren Elfen geführt. In der Gondel sitzt *Husch* und (92) erwidert singend:

Fertig, Kinder, eingestiegen!
wollen in den Himmel fliegen!
futsch!

Er winkt nach Heinz und Detta hinüber, und diese eilen zum Einsteigen. Zugleich versammeln sich die Soldaten vor der und an der Felswand rechts, die Elfen um den Pavillon und bei den Schmetterlingswagen links, und *Heinz und Detta* singen, an der Gondel stehend:

Beide: Futsch, futsch, ja,

Heinz: fertig stehn wir da.

Beide: Fix und fertig, fahr nur zu!

Detta: Aber wo bleibt Fitzebuh?

Beide: Ah –

Der *Weihnachtsmann* ist in das Rondell getreten; er *hebt den stocksteifen Fitzebutze auf*, zieht an der Schwanzschnur und läßt ihn zappeln. Man sieht, es ist nur ein *Hampelmann*, ganz zusammengeschrumpft und *ohne Leben*, kaum größer als Heinz oder Detta. Der Weihnachtsmann läßt ihn nochmals zappeln, und Alle lachen und singen dazu:

> Ha-ha-hah, ho-ho-hoh,
> seht den Gott von Mexiko!
> Fertig, Kinder, eingestiegen,
> laßt ihn in den Himmel fliegen,
> futsch!

(93) Währenddem ist der Weihnachtsmann an die Gondel gegangen und hat den Hampelmann neben Husch gesetzt. Dann tritt er zu dem Maikönigspärchen, reicht ihnen ihre zwei Glühlichtblumen zurück, und die Elfen bilden mit den Soldaten bunte Reihe um das Rondell. Alle erheben die Glühlichtblumen, die Fähnchen, Säbel und Gewehre; ein neuer *Wirbel von Blütenblättern*, immer dichter werdend, stiebt von den Bäumen, und die *Gondel* steigt langsam *in die Höhe*. Der ganze Chorus singt dazu, erst leise, dann lauter, dann wieder leise:

> Fusch, futsch, husch,
> wir schütteln unsern Busch.
> Der Mond, der winkt zum Schlafengehn;
> lebt wohl und träumt von Wiedersehn,
> husch, husch, husch,
> im Busch.

(94) Bei dichtestem Blütenwirbel fällt der Vorhang.

Fünfter Aufzug

Bild: Kinderzimmer

Genau wie bei der Abfahrt im ersten Aufzug; nur die zertrümmerte Scheibe des Balkonfensters ist durch eine neue ersetzt, und der Vollmond scheint jetzt durch das andere Fenster, wirft sein Licht breit auf die leeren Kinderbetten. (95) Der Luftballon, noch mit einigen blauen Girlanden geschmückt, schwebt langsam hinter dem Weihnachtstisch nieder. Die Kinder sitzen ganz still in der Gondel, beide mit geschlossenen Augen; das bläuliche Licht von Huschens Zauberblume beleuchtet ihre schlafenden Gesichter.

Husch steigt vorsichtig aus, die Blume über *Heinzens* Scheitel haltend. (96) Heinz muß ihm schlafwandelnd folgen, nach der Bettstatt hinüber, und sich hinstrecken. Dann kehrt Husch zu *Detta* zurück und führt sie ebenso ins Bett (alles im Takt der Musik, mit langsamen, stockenden Schritten). Dann (97) tänzelt er wieder zur Gondel hin, nimmt den *Hampelmann Fitzebutze* und hängt ihn an das *Wandregal*, an denselben Haken wie früher, links neben die Schultornister. Während der Aufgehängte noch lebhaft hin und her pendelt, singt Husch ihn leise und bedächtig an:

> Ruh nun aus – die Macht war dein;
> was du bist, das sollst du sein.
> Du vergaßest, alter Knabe,
> daß ich dich erschaffen habe.
> Gute Nacht –

Dann tritt er nochmals zu den schlafenden Kindern, die inzwischen unter die Decken geschlüpft sind, und streckt wie segnend die Hände aus. In dieser Stellung langsam rückwärts zur Balkontür schreitend, singt er sanft:

> husch, husch,
> ich schlüpfe in den Busch.
> Ich puhste mein Laternchen aus,
> ich suche mir ein Sternchen aus,
> das lass ich droben Wache stehn,
> nun kann ich ruhig schlafen gehn,

husch, husch, husch,
im Busch.

Währenddem hat der Mond sich hinter ein Gewölk verborgen,
das Glühlicht der Zauberblume ist verglommen, aber der *Luftballon*
hat zu *leuchten* begonnen, wird immer heller, je mehr sich Husch
der Balkontür nähert, und der Hampelmann gerät dabei in immer
stärkeres Pendeln. Husch öffnet die Tür und verschwindet. Sobald
sie sich geschlossen hat, blitzt der Ballon grell auf, *zerplatzt* mit
dumpfem Knall und sinkt zusammen; zugleich *fällt* das *Regal* mit
lautem *Gepolter* von der Wand.

(98) Es ist ein Weilchen stockdunkel; *die Uhr schlägt elf.* Dann wird
die Zimmertür rechts geöffnet: die *Mutter* tritt herein, im selben
Gewand wie früher, wieder die weiße Lampe haltend. Der Ballon
samt Gondel ist verschwunden; die Kinder sitzen aufrecht im Bett,
schlaftrunken, sich die Augen reibend. Die Mutter hebt erstaunt die
Lampe; die Kinder zeigen erregt nach dem Wandregal und stam-
meln stockend »Fitzebutze«. Die Mutter sieht das Regal am Boden,
bleibt stehn und wiegt verwundert den Kopf. Die Kinder wollen
das Bett verlassen; die Mutter hebt verweisend die Hand, winkt
ihnen sich hinzustrecken.

(99) Sie beleuchtet die schadhafte Wandfläche. Man sieht, daß ein
Haken ausgebrochen ist; der andre hängt locker noch in der Tapete.
Sie nimmt die Tornister vom Boden hoch, trägt sie auf den Weihnachtstisch und stellt die Lampe neben sie. Dann kehrt sie zu dem
Regal zurück, hebt Fitzebutze auf, drückt den gelockerten Haken
fest und *hängt den Hampelmann wieder an.* Er ist inzwischen noch
kleiner geworden, ist jetzt *genau so klein wie am Anfang,* und rückt
und rührt kein Gliedchen mehr. Sein geflickter Bommelhut sitzt
ganz schief; das Regal bleibt am Boden liegen.

Nun geht die Mutter zu den Kindern, die ihr verstohlen zuge-
schaut haben, setzt sich wie früher auf den Bettrand, streicht ihnen
die   Decken   glatt,   nimmt   liebkosend   ihre   Hände   und
(100) wiederholt das *Abendgebet:*

> Müde bin ich, geh zur Ruh;
> lieber Himmel, deck mich zu.
> Laß die Sterne alle dein

meines Schlafes Hüter sein.
Amen.

Die Kinder haben die letzten Zeilen leis mitgesungen. Langsam ist dabei der Vorhang gefallen. Schluß.

Anweisungen für die Regie

Die Regie hat vor allem dafür zu sorgen, daß jede mimische Bewegung so rhythmisch wie möglich ausgeführt wird, immer dem Takt der Musik folgend. Die Tanzfiguren und Kostüme dürfen nicht an das alte Ballett erinnern, sondern müssen bei aller stilistischen Form die natürliche Phantasie ansprechen. Die ganze Ausstattung ist dem primitiven Charakter des echten Kinderspiels anzupassen; je einfacher, desto besser! – Für die technische Inszenierung sind noch folgende Einzelheiten zu beachten.

–12. Die Vergrößerung und Belebung Fitzebutzens geschieht dadurch, daß während der ersten Verdunkelung der Bühne die an dem Regal hängende Puppe durch eine etwas längere ersetzt wird, diese während der zweiten Verdunkelung durch eine noch längere, und bei der dritten Verdunkelung nimmt dann der wirkliche Darsteller den Platz der Puppe ein. Ähnlich vollzieht sich im IV. Aufzug () die Rückverwandlung des Hampelmanns: während des Rundritts der Steckenpferdreiter wird hinter der Rosenhecke des Rondells wieder eine Puppe anstatt des Darstellers untergeschoben.

und 13. Die Seifenblasen, die Husch emporsteigen läßt, sind helle Gummiballons von immer größerem Umfang; sie liegen unter den Bettdecken der Kinder verborgen, und er kann sie unbemerkt hervorholen, da er am Fußende der Bettstatt und abgewandt vom Zuschauer sitzt. Einige noch größere Ballons läßt er nachher hinter dem Weihnachtsbaum gleichsam zur Probe aufsteigen; und der ganz große Gondelballon wird ihm zuletzt im Halbdunkel aus der Kulisse hinter dem Baum oder aus einer Versenkung zugeschoben.

u. ff. Die Luftschwünge Fitzebutzens werden durch ein Drahtseil bewerkstelligt, das er sich auf der Thronbank unbemerkt im Rücken festzuhaken hat.

. Das Bocken des Schaukelpferdes ist durch ein paar Sprungfedern im Versenkungsboden zu machen; die Bodenbewegung kann durch den Wirrwar der kleinen Soldateska verdeckt werden.

. Das Platzen des Luftballons braucht nur durch Lichtblitz und dumpfes Geräusch markiert zu werden; der Balkon kann dann einfach umkippen und während der Dunkelheit verschwinden. Die Hauptsache ist, daß das Regal des Hampelmanns mit starkem Gepolter herunterfällt.

Über tredition

Eigenes Buch veröffentlichen

tredition wurde 2006 in Hamburg gegründet und hat seither mehrere tausend Buchtitel veröffentlicht. Autoren veröffentlichen in wenigen leichten Schritten gedruckte Bücher, e-Books und audio-Books. tredition hat das Ziel, die beste und fairste Veröffentlichungsmöglichkeit für Autoren zu bieten.

tredition wurde mit der Erkenntnis gegründet, dass nur etwa jedes 200. bei Verlagen eingereichte Manuskript veröffentlicht wird. Dabei hat jedes Buch seinen Markt, also seine Leser. tredition sorgt dafür, dass für jedes Buch die Leserschaft auch erreicht wird.

Im einzigartigen Literatur-Netzwerk von tredition bieten zahlreiche Literatur-Partner (das sind Lektoren, Übersetzer, Hörbuchsprecher und Illustratoren) ihre Dienstleistung an, um Manuskripte zu verbessern oder die Vielfalt zu erhöhen. Autoren vereinbaren direkt mit den Literatur-Partnern die Konditionen ihrer Zusammenarbeit und partizipieren gemeinsam am Erfolg des Buches.

Das gesamte Verlagsprogramm von tredition ist bei allen stationären Buchhandlungen und Online-Buchhändlern wie z. B. Amazon erhältlich. e-Books stehen bei den führenden Online-Portalen (z. B. iBookstore von Apple oder Kindle von Amazon) zum Verkauf.

Einfach leicht ein Buch veröffentlichen: **www.tredition.de**

Eigene Buchreihe oder eigenen Verlag gründen

Seit 2009 bietet tredition sein Verlagskonzept auch als sogenanntes "White-Label" an. Das bedeutet, dass andere Unternehmen, Institutionen und Personen risikofrei und unkompliziert selbst zum Herausgeber von Büchern und Buchreihen unter eigener Marke werden können. tredition übernimmt dabei das komplette Herstellungs- und Distributionsrisiko.

Zahlreiche Zeitschriften-, Zeitungs- und Buchverlage, Universitäten, Forschungseinrichtungen u.v.m. nutzen diese Dienstleistung von tredition, um unter eigener Marke ohne Risiko Bücher zu verlegen.

Alle Informationen im Internet: **www.tredition.de/fuer-verlage**

tredition wurde mit mehreren Innovationspreisen ausgezeichnet, u. a. mit dem Webfuture Award und dem Innovationspreis der Buch Digitale.

tredition ist Mitglied im Börsenverein des Deutschen Buchhandels.

Dieses Werk elektronisch lesen

Dieses Werk ist Teil der Gutenberg-DE Edition DVD. Diese enthält das komplette Archiv des Projekt Gutenberg-DE. Die DVD ist im Internet erhältlich auf **http://gutenbergshop.abc.de**

Zeitfracht Medien GmbH
Ferdinand-Jühlke-Straße 7
99095 Erfurt, Deutschland
produktsicherheit@kolibri360.de